鲁迅写诗

鲁　迅 ⊙ 著

九州出版社
JIUZHOUPRESS
全国百佳图书出版单位

图书在版编目（CIP）数据

鲁迅写诗 / 鲁迅著. -- 北京 : 九州出版社, 2019.12

ISBN 978-7-5108-8993-6

Ⅰ. ①鲁… Ⅱ. ①鲁… Ⅲ. ①鲁迅诗歌—诗集 Ⅳ. ①I210.5

中国版本图书馆CIP数据核字(2020)第019338号

ISBN 978-7-5108-8993-6

9 787510 889936 >

鲁迅写诗

作　　者	鲁　迅
策划编辑	李黎明
责任编辑	张皖莉　刘浩川
出版发行	九州出版社
地　　址	北京市西城区阜外大街甲 35 号（100037）
发行电话	（010）68992190/3/5/6
网　　址	www.jiuzhoupress.com
印　　刷	北京捷迅佳彩印刷有限公司
开　　本	880 毫米 ×1230 毫米　32 开
印　　张	6
字　　数	100 千字
版　　次	2021 年 10 月第 1 版
印　　次	2021 年 10 月第 1 次印刷
书　　号	ISBN 978-7-5108-8993-6
定　　价	59.00 元

诗乃心声，字如其人

——鲁迅的诗和书法

刘运峰

九州出版社要出一本《鲁迅写诗》，让我就鲁迅的旧体诗和书法写几句话，我颇为惶恐。因为，在我的印象里，无论是专门谈鲁迅旧体诗的文章，还是专门谈鲁迅书法的文章，似乎并不是很多。而且，我以为，在这些文章中，还是郭沫若概括得最为准确。1960 年 5 月 8 日，郭沫若应上海鲁迅纪念馆的请求，为《鲁迅诗稿》作序，开篇的两段话就是："鲁迅先生无心作诗人，偶有所作，每臻绝唱。或则犀角烛怪，或则肝胆照人。如'横眉冷对千夫指，俯首甘为孺子牛'，虽寥寥十四字，对方生与垂死之力量，爱憎分明；将团结与斗争之精神，表现具足。此真可谓前无古人，后启来者。""鲁迅先生亦无心作书家，所遗手迹，自成风格。融冶篆隶于一炉，听任心腕之交应，朴质而不拘挛，洒脱而有法度。远逾宋唐，直攀魏晋。世人宝之，非因人而贵也。"

郭沫若不愧为诗人，也不愧为书法家，短短的几句话，就把鲁迅的诗和书法做了极为精当的论断，至今仍被世人奉为定评。正因为如此，无论再怎样评论鲁迅的诗和书法，都只能算是对郭沫若序的一种注释了。

在中国文学史上，鲁迅有着无可置疑的影响和无可撼动的地位，但是，鲁迅留下来的诗并不多，也可以说和鲁迅在文学史上的地位“不大相称”，的确，现在能够收集到的，鲁迅的诗不过几十首。对于自己的诗，鲁迅从不看重，也从不刻意保留。杨霁云编《集外集》时，曾向鲁迅征集诗作，鲁迅在 1934 年 10 月 13 日信中说：“我平常并不做诗，只在有人要我写字时，胡诌几句塞责，并不存稿。”12 月 9 日，在信中又说：“旧诗本非所长，不得已而作，后辄忘却，今写出能记忆者数章。”12 月 20 日，又在信中说：“来信于我的诗，奖誉太过。其实我于旧诗素未研究，胡说八道而已。我以为一切好诗，到唐已被做完，此后倘非能翻出如来掌心之‘齐天大圣’，大可不必动手，然而言行不能一致，有时也诌几句，自省殊亦可笑。玉谿生清词丽句，何敢比肩，而用典太多，则为我所不满，林公庚白之论，亦非知言。”

鲁迅对于自己的诗，就是这样的态度。因此，在他自己编定的集子中，没有专门收录一首独立的诗作。对于林庚白文章中风格近似李商隐的评价，鲁迅也敬谢不敏。

尽管鲁迅的旧体诗数量不多，而且也没有在这方面耗费太多的精力，但他对于诗歌却有着独到而深刻的见解。早在日本时期，鲁迅就在《摩罗诗力说》中写道：“盖诗人者，撄人心者也。凡人之心，无不有诗，如诗人作诗，诗不为诗人独有，凡一读其诗，心即会解者，即无不自有诗人之诗。无之何以能解？惟有而未能言，诗人为之语，则握拨一弹，心弦立应，其声澈于灵府，令有情皆举其首，如睹晓日，益为之美伟强力高尚发扬，而污浊之平和，以之将破。平和之破，人道蒸也。”

在鲁迅看来，每个人心中都有诗的存在，但不是每一个人都能将心中的诗情表现出来。诗人正是承担了打动人心的使命，他的诗，正是表达出了一般人想表达而没有能够表达的感情，因此，好诗一旦发表出来，就会让人产生一种“先得我心”的快感，使自己的精神、情操、道德得到升华。因此，诗，一定是性情的流露，人格的体现。“从喷泉里出来的都是水，从血管里出来的都是血。‘赋得革命，五言八韵’，是只能骗骗盲试官的。”（《而已集·革命文学》）因此，鲁迅一向反对和厌恶那种无性情、无趣味、无痛痒的吟风弄月之作。古人云“诗言志”，就我的理解，“志”不仅指志向，也指性情，而且是真性情。所以说，判定诗的标准，不是辞藻的华丽和形式的完美，而是诗中所抒发的感情是否真挚，是否纯粹。

根据自己的阅读体验，我以为好诗一定好读，好懂，但又一定是别有一番味道，给人留下无限的想象空间，使人从中得到深刻的体验。如王维的“行到水穷处，坐看云起时”，陆游的“山重水复疑无路，柳暗花明又一村”，诗人当初写的就是实景，并不一定是在给人们灌输人生哲理，但是，人们又确实能够从中受到启发，和现实生活中的境遇、感悟结合起来，从而赋予这些诗句以新的、丰富的内涵。这是诗人的“无心插柳”，也是好诗的自然禀赋。凡是能够被人牢记在心，能够千古流传的诗句，一定是直白但有韵味，浅显但是深刻，顺口但不庸俗，如林中之响箭，似空谷之足音。

鲁迅先生的诗，是符合这些标准的。

在鲁迅的诗中，有“夹道万株杨柳树，望中都化断肠花”的别离之作；有“寄意寒星荃不察，我以我血荐轩辕”“心事浩茫连广宇，于无声处听惊雷”的激昂之作；有“故人云散尽，我亦等轻尘”“积毁可销骨，空留纸上声”的感慨之作；有“梦里依稀慈母泪，城头变幻大王旗”“忽忆情亲焦土下，佯看罗袜掩啼痕”的哀痛之作；有“何期泪洒江南雨，又为斯民哭健儿”“瑶瑟凝尘清怨绝，可怜无女耀高丘”的悲愤之作；有“却折垂杨送归客，心随东棹忆华年”“我亦无诗送归棹，但从心底祝平安”的赠别之作；有“血沃中原肥劲草，寒凝大地发春华”“愿乞画家新意匠，只研朱墨作春山”的希冀之作；有“所恨芳林寥落甚，春兰秋菊不同时”的感伤之作；有“躲进小楼成一统，管他冬夏与春秋”“何似举家游旷远，风波浩荡足行吟”的洒脱之作；有“度尽劫波兄弟在，相逢一笑泯恩仇”“聊借画图怡倦眼，此中甘苦两心知”的深情之作。所有这些，堪称警句，但几乎看不到深奥的用典和晦涩的词句，而是信笔为之，纯任自然，正如鲁迅在文章中所倡导的“有真意，去粉饰，少做作，勿卖弄”(《南腔北调集·作文秘诀》)。

读鲁迅的诗，除了感受到真性情之外，还可以感受到其中的真趣味。尽管鲁迅对于格律、音韵并不陌生，但他很少刻意为之，而是随性所至，涉笔成趣。1932 年 1 月 28 日中日开战之后，穆木天的妻子非常担忧，情急之中带着孩子乘两辆人力车到上海寻夫，暂住姚蓬子处，姚蓬子苦不堪言，只好在寒风中四处寻找住处。为此，鲁迅写了《赠蓬子》:“蓦地飞仙降碧空，云车双辆挈灵童。可怜蓬子非天子，逃去逃来吸北风。”由穆木天而联想到穆天子，又由人力车联想到云车，再把蓬子和天子连在一起，将乱世中的窘迫、狼狈表现得淋漓尽致，戏谑中有幽默，幽默中又有苦痛，真是神来之笔。鲁迅老来得子，对海婴自然有些溺爱。海婴在客人面前往往调皮捣蛋，鲁迅任其“胡闹”，郁达夫不以为然，鲁迅便写了《答客诮》：“无情未必真豪杰，怜子如何不丈夫。知否兴风狂啸者，回眸时看小於菟？”本来就是在和朋友开玩笑，但是，这四句诗却获得了人们的高度认同，也成了父母舐犊之情的最好注脚。即使是最为著名的“横眉冷对千夫指，俯首甘为孺子牛”，对于鲁迅来说，其中也并没有“深意存焉”，就如同《答客诮》，写的是实情，但给人们留下了充分的解读空间。

这也是鲁迅诗的高妙之处，随意，洒脱，幽默，风趣。

正因为鲁迅无心作诗人，他也就很少保留自己的诗作。我们今天所看到的，大多是鲁迅应友人所请，写在条幅、笺纸、扇面或赠书上。这就涉及另一个问题——鲁迅的书法。

鲁迅从旧学传统中走来，但对于书法却不太上心，他没有像沈尹默、钱玄同、马衡等人那样，下过专门的临池功夫，但他对于书法却有着很高的欣赏品位。1915 年，他在绍兴刊刻《会稽郡故书杂集》，便请陈师曾和钱玄同题签；1924 年 9 月 8 日，鲁迅从《离骚》中集得一副对联，特意请擅长书法的同事乔大壮书写，装裱后挂在“老虎尾巴”里；1931 年 3 月 1 日，他在内山书店中见到弘一法师（李叔同）书写的“戒定慧”，极为喜爱，立即“乞得”，据为己有；1933 年，他和郑振铎一起编印《北平笺谱》，提议请沈兼士题写封面，请沈尹默题写扉页，请魏建功书写序言和目录。而对自己的字，鲁迅从不看重，只是在有人来求时，或则集中“交差”，或则立等可取。1935 年 1 月间，增田涉替他的表舅、乡村医生今村铁研向鲁迅求字，25 日，鲁迅在复信中说：“写字事，倘不嫌拙劣，并不费事，请将那位八十岁老先生的雅号及纸张大小（宽、长；横写还是直写）见告，自当写奉。”今村铁研收到鲁迅的字后，付了 5 元润笔费给鲁迅，鲁迅在 4 月 30 日致增田涉的信中说：“我的字居然值价五元，真太滑稽。其实我对那字的持有者，花了一笔裱装费，也不胜抱歉。但已经拿到铁研先生的了，就算告一段落，并且作为永久借用了事。”可见，鲁迅从来不把自己的字太当一回事，更不刻意去写字。

鲁迅在书法上虽然没有下过太多的专门的功夫，但他的取法很高，他曾经用了五六年的时间搜集自先秦至隋唐的碑刻拓本，然后抄录其中的文字并进行著录、考证，古碑中的精神气质对鲁迅产生了深刻的影响，他的书法，取法乎古，格调古雅，寓洞达灵动于温柔敦厚之中。1927 年 1 月，鲁迅将要离开厦门大学，川岛（章廷谦）向鲁迅求字，鲁迅抄了一段司马相如《大人赋》送给川岛夫妇，半玩笑半自信地说：“不要因为我写的字不怎么好看就说字不好，因为我看过许多碑帖，写出来的字没有什么毛病。”鲁迅所说的“好看”是指结构上的俊美，而“毛病”则是用笔上的缺陷。鲁迅不以字炫人，但下笔合乎法度，的确没有毛病。

从思想观念上，鲁迅反对旧传统、旧文化、旧道德，早年，他也积极倡导汉字的拼音化，但是，他的日常生活却保留着传统文人的习惯。比如，他完全知道自来水笔的便捷，可以提高书写的效率，在《论毛笔之类》中认为“事情要做得快，字要写得多……总是墨水和钢笔便当了”。因此，他反对让青年学生使用中国的传统笔墨，“使一部分青年又变成旧式的斯文人”。但是，鲁迅的上千万言著述，却大多是用毛笔完成的。他的书信也大多是用毛笔直写在宣纸的信笺上，具有十足的文人气。这是鲁迅的矛盾之处，同时也说明鲁迅对传统笔墨的情有独钟。他不主张青年人走过去的老路，但又不愿意改变自己的书写习惯，这也是鲁迅的高明之处。

正是因为眼界的开阔和数十年的毛笔书写，使得鲁迅的书法达到了浑然天成的境界，尤其是他的小字，点画精到，结体舒朗，章法和谐，堪称艺术精品。许多匾额、刊头都集自鲁迅的文稿，但毫无牵强拼凑之感。

与日常的文稿相比，鲁迅为友人书写的诗句就更加讲究一些。因为通常尺幅较大，在用笔的点画上就较为重拙，结体上较为舒展，布局上也考虑到落款、钤印，更加注意参差错落和上下左右的呼应。比如，题赠冈本繁的《自题小像》，题赠许寿裳的《悼柔石》，题赠高良富的《无题·血沃中原肥劲草》，题赠柳亚子的《自嘲》，题赠内山夫人的《所闻》，题赠坪井芳治的《答客诮》，题赠台静农的《二十二年元旦》，题赠许广平的《悼杨铨》，题赠周陶轩的《悼丁君》等，均是条幅形式，鲁迅写得认真、专注，是当作书法作品去创作的。这些字，大多为行书，点画圆润而不失骨力，行笔流畅而具有法度，可称之为鲁迅书法中的精品。

但是，也不能否认，鲁迅的一些书法作品写得有些随意，其中不排除应酬、率性之作，如《赠邬其山》，最后的五个字“南无阿弥陀”同前面的字完全不协调，处于“失控”状态，更为有趣的是，署名中的“迅”字故意拉长且以手印代替图章，也许，这是鲁迅醉后给朋友们开玩笑，才故意写成这个样子。再如，《送增田涉君归国》《无题·烟水寻常事》《无题·一枝清采妥湘灵》等，也是随意多于精到。这也可以进一步印证，鲁迅的确不想把自己定位于书法家，也从不想以此名世，更多的时候，他是把抄录自己的诗作赠送友人当作一种笔墨游戏。因此，鲁迅的书写是放松的，心态是平和的，给人的感觉也是舒适的。清人刘熙载云：“书者，如也。如其学，如其才，如其志，总之曰如其人而已。”鲁迅的书法，一如他的为人：率真，厚重，超然，决不装腔作势，决不虚伪做作。

除了书写自己的诗作，鲁迅还为友人书写过不少古诗文作品，在这些作品中，最为突出的是鲁迅为瞿秋白书写的“人生得一知己足矣，斯世当以同怀视之”，这是清人何瓦琴从王羲之《兰亭集序》中集出的句子。这副对联行笔沉稳舒缓，结体疏密得当，外圆内方，意态从容，是鲁迅书法中的“极品”，也许，鲁迅在写这副对联的时候，想到了遇到瞿秋白这一平生知己的喜悦，进入了孙过庭《书谱》所言“感惠徇知”的合宜之境吧。

李黎明兄给我的任务是写两到三千字，拉拉杂杂，竟说了这么多，已经大大超过了规定的字数，赶紧打住。

2021 年 8 月 26 日，南开园

靈臺無计逃神矢
風雨如磐闇故園
寄意寒星荃不察
我以我血薦軒轅

二十一歲時作五十一歲時寫之時辛未二月十六日也 魯迅

魯迅

自题小像

灵台无计逃神矢，
风雨如磐暗故园。
寄意寒星荃不察，
我以我血荐轩辕。

二十一岁时作，
五十一岁时写，
书时辛未二月十六日也，
鲁迅。

哀范君三章

黄棘

風雨飄搖日，余懷范愛農。華顛萎寥落，白眼看雞蟲。世味秋荼苦，人間直道窮。奈何三月別，遽爾失畸躬。

海草國門碧，多年老異鄉。狐狸方去穴，桃偶盡登場。故里彤雲惡，炎天凜夜長。獨沉清洌水，能否洗愁腸？

把酒論當世，先生小酒人。大圜猶酩酊，微醉自沉淪。此別成終古，從茲絕緒言。故人雲散盡，我亦等輕塵。

我於愛農之死，為之不怡累日，至今未能釋然。昨忽成詩三章，隨手寫之，而忽將雞蟲做入，真是奇絕妙絕，辟歷一聲，速死豸之大狼狽矣。今錄上，希大鑒定家鑒定，如不惡，乃可登諸民興也。天下雖未必仰望已久，然我亦豈能已於言乎。

二十三日 樹人言

哀范君三章

黄棘

风雨飘摇日，余怀范爱农。华颠萎寥落，白眼看鸡虫。世味秋荼苦，人间直道穷。奈何三月别，遽尔失畸躬。

海草国门碧，多年老异乡。狐狸方去穴，桃偶尽登场。故里彤云恶，炎天凛夜长。独沉清洌水，能否洗愁肠？

把酒论当世，先生小酒人。大圜犹酩酊，微醉自沉沦。此别成终古，从兹绝绪言。故人云散尽，我亦等轻尘！

我于爱农之死，为之不怡累日，至今未能释然。昨忽成诗三章，随手写之，而忽将鸡虫做入，真是奇绝妙绝，辟历一声，速死豸之大狼狈矣。今录上，希大鉴定家鉴定，如不恶，乃可登诸《民兴》也。天下虽未必仰望已久，然我亦岂能已于言乎。二十三日，树又言。

殺人有將
救人為醫
殺了大半
救其孑遺
小補之哉
烏乎噫嘻！

魯迅

魯迅

一九三十年九月廿一日 上海

题赠冯蕙熹

杀人有将，
救人为医，
杀了大半，
救其孑遗。
小补之哉，
乌乎噫嘻！

鲁迅，
一九三〇年九月一日，
上海。

廿年居上海每日見中華
有病不求藥無聊纔讀書一
闊臉就變所砍頭漸多忽
又下野南無阿彌陀

辛未初春書請
鄔其山仁兄教正

魯迅

赠邬其山

廿年居上海，
每日见中华。
有病不求药，
无聊才读书。
一阔脸就变，
所砍头渐多。
忽而又下野，
南无阿弥陀。

辛未初春书，
请邬其山仁兄教正，
鲁迅。

慣于長夜過春時，挈婦將雛鬢有絲。
夢裏依稀慈母淚，城頭變幻大王旗。
忍看朋輩成新鬼，怒向刀邊覓小詩。
吟罷低眉無寫處，月光如水照緇衣。

未年春作錄呈
季市兄教正
魯迅

无题

惯于长夜过春时，挈妇将雏鬓有丝。
梦里依稀慈母泪，城头变幻大王旗。
忍看朋辈成新鬼，怒向刀边觅小诗。
吟罢低眉无写处，月光如水照缁衣。

午年春作录，呈季市兄教正，鲁迅。

椒焚桂折佳人老，獨托幽巖展素心。
豈惜芳馨遺遠者，故鄉如醉有荊榛。

京華堂主人小原榮次郎先生攜蘭東歸以此送之

魯迅

送O.E.君携兰归国

椒焚桂折佳人老，独托幽岩展素心。
岂惜芳馨遗远者，故乡如醉有荆榛。

京华堂主人小原荣次郎先生携兰东归，
以此送之，鲁迅。

春江好景依然在遠國
征人此際行莫向遙
天憶歌舞西遊演了
是封神。

辛未三月送
升屋治三郎兄東歸

魯迅

赠日本歌人

春江好景依然在，海国征人此际行。
莫向遥天忆歌舞，西游演了是封神。

辛未三月送升屋治三郎兄东归，
鲁迅。

大野多鉤棘長天列戰雲幾
家春裊々萬籟靜愔々下
土惟秦醉中流輒越吟風
波一浩蕩花樹乃蕭森

一九三二年十二月卅一寫應

君瑄女士之命

魯迅

无题

大野多钩棘，长天列战云。
几家春袅袅，万籁静愔愔。
下土惟秦醉，中流辍越吟。
风波一浩荡，花树乃萧森。

一九三二年十一月廿四日写，
应君瑄女士之命，鲁迅。

昔闻湘水碧于染，今闻湘水胭脂痕。
湘灵装成照湘水，皓如素月窥彤云。
高丘寂寞竦中夜，芳荟零落无余春。
鼓完瑶瑟人不闻，太平成象盈秋门。

辛未仲春偶作奉

松元先生雅鉴

鲁迅

鲁迅

湘灵歌

昔闻湘水碧于染，今闻湘水胭脂痕。
湘灵装成照湘水，皓如素月窥彤云。
高丘寂寞竦中夜，芳荃零落无余春。
鼓完瑶瑟人不闻，太平成象盈秋门。

辛未仲春偶作，奉应松元先生雅属，
鲁迅。

大江日夜向東流
聚義英雄又遠游
六代綺羅成舊梦
石頭城上月如鈎

宮崎先生屬

魯迅

无题

大江日夜向东流，
聚义英雄又远游。
六代绮罗成旧梦，
石头城上月如钩。

宫崎先生属，
鲁迅。

雨花臺邊埋斷戟，莫愁湖裏餘微波。所思美人不見，歸憶江天發浩歌。

白蓮女士教正

魯迅

无题

雨花台边埋断戟，
莫愁湖里余微波。
所思美人杳不见，
归忆江天发浩歌。

白莲女士教正，
鲁迅。

扶桑正是秋光好，楓葉如丹照嫩寒。卻折垂楊送歸客，心隨東棹憶華年。

增田學兄雅教

魯迅

送增田涉君归国

扶桑正是秋光好，
枫叶如丹照嫩寒。
却折垂杨送归客，
心随东棹忆华年。

增田学兄雅教，
鲁迅。

無情未必真豪傑
憐子如何不丈夫
知否興風狂嘯者
回眸時看小於菟

達夫先生哂正

魯迅

答客诮

无情未必真豪杰，
怜子如何不丈夫。
知否兴风狂啸者，
回眸时看小於菟。

达夫先生哂正，
鲁迅。

血沃中原肥勁草，寒凝大地發春華。英雄多故謀夫病，淚灑崇陵噪暮鴉。

高良先生教正

魯迅

无题

血沃中原肥劲草，
寒凝大地发春华。
英雄多故谋夫病，
泪洒崇陵噪暮鸦。

高良先生教正，
鲁迅。

文章如土欲何之
翹首東雲惹夢思
所恨芳林寥落甚
春蘭秋菊不同時

松泉先生屬　魯迅

偶成

文章如土欲何之，
翘首东云惹梦思。
所恨芳林寥落甚，
春兰秋菊不同时。

松泉先生属，
鲁迅。

驀地飛仙降碧空，雲車雙輛挈靈童。可憐蓬子非天子，逃去逃來吸北風。

赠蓬子

蓦地飞仙降碧空，
云车双辆挈灵童。
可怜蓬子非天子，
逃去逃来吸北风。

戰雲暫斂殘春在重礮清
歌兩寂然我亦無诗送归棹
但從心底祝平安

一·二八战后作

战云暂敛残春在，
重炮清歌两寂然。
我亦无诗送归棹，
但从心底祝平安。

運交華蓋欲何
求未
敢翻身已碰頭
破帽
遮顏過鬧市偏
船載
酒泛中流橫眉
冷看
千夫指俯首甘為
孺子
牛躲進小樓成一
統管
他冬夏與春秋

[illegible]

自嘲

运交华盖欲何求，
未敢翻身已碰头。
破帽遮颜过闹市，
漏船载酒泛中流。
横眉冷看千夫指，
俯首甘为孺子牛。
躲进小楼成一统，
管他冬夏与春秋。

未年戏作，
录呈杉本勇乘师法正，
会稽男子鲁迅。

教授雜詠

作法不自斃
悠然過四十
何妨賭肥頭
抵當辯證法

可憐織女星
化為馬郎婦
烏鵲疑不來
迢迢牛奶路

世界有文學
少女多豐臀
雞湯代豬肉
北新遂掩门

教授杂咏

作法不自毙，悠然过四十。
何妨赌肥头，抵挡辨证法。

可怜织女星，化为马郎妇。
乌鹊疑不来，迢迢牛奶路。

世界有文学，少女多丰臀。
鸡汤代猪肉，北新遂掩门。

世界有文學少女多乎膺歐陽代
猶向、北新書擠門
名人是小說、入深之有限、雖有望
遠鏡 無奈近視眼

教授杂咏

世界有文学，少女多丰臀。
鸡汤代猪肉，北新遂掩门。
名人选小说，入线云有限。
虽有望远镜，无奈近视眼。

華燈照宴敞豪门，嬌女嚴裝侍玉樽。忽憶情親焦土下，佯看羅襪掩啼痕。

右一首 所聞

所闻

华灯照宴敞豪门，
娇女严装侍玉樽。
忽忆情亲焦土下，
佯看罗袜掩啼痕。

右一首，所闻。

故鄉黯黯鎖玄雲遥夜迢迢
隔上春歲暮何堪再惆悵
且持卮酒食河豚

无题

故乡黯黯锁玄云，
遥夜迢迢隔上春。
岁暮何堪再惆怅，
且持卮酒吃河豚。

誰遣吳娃唱柳枝風閣人靜暮
春時烏啼舊夢起殘燈獨
對於冷懷子炊

无题

皓齿吴娃唱柳枝，
酒阑人静暮春时。
无端旧梦驱残醉，
独对灯阴忆子规。

洞庭波蕩楚天高眉黛心红
依戰袍澤畔有人吟上滄秋波
渺渺失離騷

无题

洞庭浩荡楚天高，
眉黛心红涴战袍。
泽畔有人吟亦险，
秋波渺渺失离骚。

風生白下千林暗霧
塞蒼天百卉殫願
乞畫家新意匠只
研朱墨作春山

赠画师

风生白下千林暗，
雾塞苍天百卉殚。
愿乞画家新意匠，
只研朱墨作春山。

雲封高岫護將軍，霆擊寒村滅下民。依舊不如租界好，打牌聲裏又新春。

申年元旦開筆大吉并祝

靜農兄无咎

迅頓首

二十二年元旦

云封高岫护将军，霆击寒村灭下民。
依旧不如租界好，打牌声里又新春。

中年元旦开笔大吉并祝静农兄无咎，
迅顿首。

寂寞空城在，倉皇古董遷。
頭兒誇大口，面子靠中堅。
驚擾詎云妄？奔逃只自憐！
所嗟非玉佛，不值一文錢。

学生和玉佛

寂寞空城在，
仓皇古董迁。
头儿夸大口，
面子靠中坚。
惊扰讵云妄？
奔逃只自怜：
所嗟非玉佛，
不值一文钱。

弄文罹文網抗世違世情積毀
可銷骨空留紙上聲

自題十年前舊作以請

山縣先生教正

魯迅

魯迅

一九三三年十二月二日于上海

题《呐喊》

弄文罹文网，抗世违世情。
积毁可销骨，空留纸上声。

自题十年前旧作，
以请山县先生教正，鲁迅。
一九三三年三月二日于上海。

寂寞新文苑平安舊戰場
兩間餘一卒荷戟尚彷徨

亥年之春書請

山縣先生教正

魯迅

题《彷徨》

寂寞新文苑，平安旧战场。
两间余一卒，荷戟尚彷徨。

酉年之春书，
请山县先生教正，
鲁迅。

豈有豪情似舊時
花開花落兩由之
何期淚灑江南雨
又為斯民哭健兒

酉年六月二十日作

錄應

景宋仁兄教

魯迅

魯迅

悼杨铨

岂有豪情似旧时，
花开花落两由之。
何期泪洒江南雨，
又为斯民哭健儿。

酉年六月二十日作，
录应景宋仁兄教，
鲁迅。

海戰後得喪家
之鳩持歸養之
初亦相安而終化
去建塔以藏且
徵題詠率成一
律聊答遐情
云爾
一九三三年六月二十
一日魯迅并記

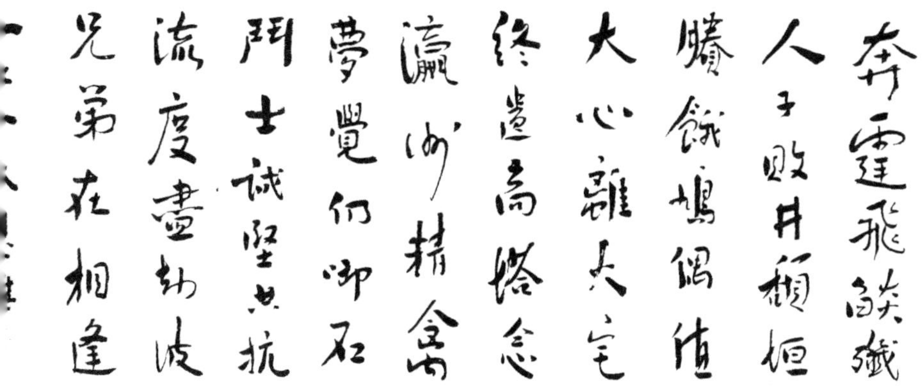

题三义塔

奔霆飞焰歼人子，败井颓垣剩饿鸠。
偶值大心离火宅，终遗高塔念瀛洲。
精禽梦觉仍衔石，斗士诚坚共抗流。
度尽劫波兄弟在，相逢一笑泯恩仇。

西村博士于上海战后得丧家之鸠，持归养之，初亦相安，而终化去，建塔以藏，且征题咏，率成一律，聊答遐情云尔。

一九三三年六月二十一日，鲁迅并记。

禹域多飛將蝸廬賸
逸民夜邀潭底影玄
酒頌皇仁

譯萌先生教正

魯迅

无题

禹域多飞将，
蜗庐剩逸民。
夜邀潭底影，
玄酒颂皇仁。

萍荪先生教正，
鲁迅。

如磐遥夜擁重樓剪柳春
風導九秋湘瑟凝塵清怨
絕可憐無女耀高丘

悼丁君

如磐遥夜拥重楼，
剪柳春风导九秋。
湘瑟凝尘清怨绝，
可怜无女耀高丘。

明眸越女罷晨裝，荇水荷風是舊鄉。唱盡新詞歡不見，旱雲如火撲晴江。

魯迅

赠人

明眸越女罢晨装，
荇水荷风是旧乡。
唱尽新词欢不见，
旱云如火扑晴江。

鲁迅。

秦女端容理玉箏梁
塵踴躍夜風清須臾響
急冰絃絕但見奔星勁
有聲

録舊作應

山本先生雅教

魯迅

赠人

秦女端容理玉筝，
梁尘踊跃夜风清。
须臾响急冰弦绝，
但见奔星劲有声。

录旧作，
应山本先生雅教，
鲁迅。

一枝清采妥湘靈九
畹貞風慰獨醒无奈
終輸蕭艾密卻成
遷客播芳馨

土屋先生教正

魯迅

无题

一枝清采妥湘灵，
九畹贞风慰独醒。
无奈终输萧艾密，
却成迁客播芳馨。

土屋先生教正，
鲁迅。

煙水尋常事，荒村一釣徒。深宵沉醉起，無處覓菰蒲。

酉年秋偶成　魯迅

无题

烟水寻常事，
荒村一钓徒。
深宵沉醉起，
无处觅菰蒲。

酉年秋偶成，
鲁迅。

錢王登假仍如在，伍相隨波不可尋。
平楚日和憎健翮，小山香滿蔽高岑。
墳壇冷落將軍岳，梅鶴淒涼處士林。
何似舉家遊曠遠，風波浩蕩足行吟。

阻郁达夫移家杭州

钱王登遐仍如在，伍相随波不可寻。
平楚日和憎健翮，小山香满蔽高岑。
坟坛冷落将军岳，梅鹤凄凉处士林。
何似举家游旷远，风沙浩荡足行吟。

橫眉豈奪蛾眉冶不料仍違眾女心詛咒而今翻異樣無如臣腦故如冰

三月十五夜聞謠戲作以博

靜之一粲

旅隼

报载患脑炎戏作

横眉岂夺蛾眉冶，
不料仍违众女心。
诅咒而今翻异样，
无如臣脑故如冰。

三月十五夜闻谣戏作，以博静兄一粲，旅隼。

萬家墨面沒蒿萊敢有歌
吟動地哀心事浩茫連
廣宇於無聲處聽驚
雷

戌年初夏偶作以應

新居先生雅教　魯迅

无题

万家墨面没蒿莱，
敢有歌吟动地哀。
心事浩茫连广宇，
于无声处听惊雷。

戌年初夏偶作，
以应新居先生雅教，
鲁迅。

綺羅幕後送飛光，柏栗叢邊作道場。望帝終教芳艸變，迷陽聊飾大田荒。何來酪果供千佛，難得蓮花似六郎。中夜雞鳴風雨集，起燃菸卷覺新涼。

秋夜偶成錄應

梓生先生教

魯迅

秋夜有感

绮罗幕后送飞光，柏栗丛边作道场。
望帝终教芳草变，迷阳聊饰大田荒。
何来酩果供千佛，难得莲花似六郎。
中夜鸡鸣风雨集，起燃烟卷觉新凉。

秋夜偶成，录应梓生先生教，鲁迅。

十年携手共艰危以沫相濡亦可哀聊借画
图怡倦眼此中甘苦两心知
戌年冬十二月九日之夜
鲁迅记

题《芥子园画谱三集》赠许广平

十年携手共艰危，以沫相濡亦可哀。
聊借画图怡倦眼，此中甘苦两心知。

戊年冬十二月九日之夜，鲁迅记。

曾驚秋肅臨天下敢遣春溫上
筆端塵海蒼茫沉百感金風
蕭瑟走千官老歸大澤菰
蒲盡夢墜空雲齒髮寒竦
聽荒雞偏闃寂起看星斗
正闌干

亥年殘秋偶作錄應

季市吾兄教正

魯迅

亥年残秋偶作

曾惊秋肃临天下，
敢遣春温上笔端。
尘海苍茫沉百感，
金风萧瑟走千官。
老归大泽菰蒲尽，
梦坠空云齿发寒。
竦听荒鸡偏阒寂，
起看星斗正阑干。

亥年残秋偶作，
录应季市吾兄教正，
鲁迅。

夢

很多的夢，趁黃昏起鬨，
前夢纔擠却大前夢，後夢又趕走了前夢。
去的前夢黑如墨，在的後夢墨一般黑；
去的在的彷彿都說，"看我真好顏色。"
顏色許好，暗裏不知；
而且不知道：說話的是誰？

*

暗裏不知，身熱頭痛。
你來你來，明白的夢！

（一九一八年五月十八日《新青年》四卷五號所載。）

梦

很多的梦，趁黄昏起哄，
前梦才挤却大前梦，后梦又赶走了前梦。
去的前梦黑如墨，在的后梦墨一般黑；
去的在的仿佛都说，『看我真好颜色。』
颜色许好，暗里不知；
而且不知道：说话的是谁？
暗里不知，身热头痛。
你来你来，明白的梦！

（一九一八年五月十八日，《新青年》四卷五号所载。）

愛之神

一個小娃子，展開翅子在空中，
一手搭箭，一手張弓，
不知怎麼一下，一箭射着前胸。
「小娃子先生，謝你胡亂栽培！
但得告訴我：我應該愛誰？」
娃子着慌，搖頭說，「唉！
你是還有心胸的人，竟也說這宗話。
你應該愛誰，我怎麼知道。
總之我的箭是放過了！
你要是愛誰，便沒命的去愛他；
你要是誰也不愛，也可以沒命的去自己死掉。」

（同上）

爱之神

一个小娃子，展开翅子在空中，
一手搭箭，一手张弓，
不知怎么一下，一箭射着前胸。
「小娃子先生，谢你胡乱栽培！
但得告诉我：我应该爱谁？」
娃子着慌，摇头说，「唉！
你是还有心胸的人，竟也说这宗话。
你应该爱谁，我怎么知道。
总之我的箭是放过了！
你要是爱谁，便没命的去爱他；
你要是谁也不爱，也可以没命的去自己死掉。」

（同上）

桃花

春雨過了，太陽又很好，隨便走到園中。

桃花開在園西，李花開在園東。

我說，「好極了！桃花紅，李花白。」

（沒說：桃花不及李花白。）

桃花可是生了氣，滿面漲作「楊妃紅」。

好小子！真了得！竟能氣紅了面孔。

我的話可並沒得罪你，你怎的便漲紅了面孔！

唉！花有花道理，我不懂。

（同上。）

桃花

春雨过了，太阳又很好，随便走到园中。
桃花开在园西，李花开在园东。
我说，"好极了！桃花红，李花白。"
（没说：桃花不及李花白。）
桃花可是生了气，满面涨作"杨妃红"。
好小子！真了得！竟能气红了面孔。
我的话可并没得罪你，你怎的便涨红了面孔？
唉！花有花道理，我不懂。

（同上。）

說不出話，想起鄰家：
他們大花園裏，有許多好花。

（一九一八年七月十五日，《新青年》五卷一號所載。）

人與時

一人說，將來勝過現在。
一人說，將來遠不及從前。
一人說，什麼？
時道，你們都侮辱我的現在。
從前好的，自己回去。
將來好的，跟我前去。
這說什麼的，
我不和你說什麼。

（同上。）

他们的花園

小娃子，捲螺髮，
銀黄的面龐上還有微紅，——看他意思是正要活。
走出破大门，望見鄰家：
他们大花園裏，有许多好花。
用盡小心機，得了一朵百合；
又白又光明，像纔下的雪。
好生拿了回家，映着面龐，分外映出血色；
蒼蠅繞花飛鳴，亂在一屋子裏——
『偏愛這不乾净花，是胡塗孩子！』
忙看百合花，却已有幾點蠅矢。
看不得；捨不得。
瞪眼望着天空，他更無話可說。

人与时

一人说，将来胜过现在。
一人说，现在远不及从前。
一人说，什么？
时道，你们都侮辱我的现在。
从前好的，自己回去。
将来好的，跟我前去。
这说什么的，
我不和你说什么。

（同上。）

他们的花园

小娃子，卷螺发，
银黄的面庞上还有微红，——看他意思是正要活。
　走出破大门，望见邻家：
他们大花园里，有许多好花。
用尽小心机，得了一朵百合；
又白又光明，像才下的雪。
好生拿了回家，映着面庞，分外映出血色；
苍蝇绕花飞鸣，乱在一屋子里——
"偏爱这不干净花，是胡涂孩子！"
忙看百合花，却已有几点蝇矢。
看不得；舍不得。
瞪眼望着天空，他更无话可说。
说不出话，想起邻家：
他们大花园里，有许多好花。

（一九一八年七月十五日，《新青年》五卷一号所载。）

我的所愛在豪家
欲往從之兮沒有汽車
仰頭無法淚如麻
愛人贈我玫瑰花
何以贈之赤練蛇
從此翻臉不理我
不知何故兮一由她去罷

魯迅

我的所爱在豪家，
欲往从之兮没有汽车，
仰头无法泪如麻。
爱人赠我玫瑰花，
何以赠之赤练蛇？
从此翻脸不理我，
不知何故兮——由她去罢。

鲁迅。

疑公道兄屬

人生得一知己足矣
斯世當以同懷視之

洛文錄何瓦琴句

何瓦琴集句

人生得一知己足矣，
斯世当以同怀视之。

疑仌道兄属，
洛文录何瓦琴句。